नेहरू बाल पुस्तकालय

आकाश में मुकदमा

इदरीस सिद्दीकी

अनुवाद
शाहआलम इसलाही

चित्र
शिराज हुसैन

nbt.india
एकः सूते सकलम्
राष्ट्रीय पुस्तक न्यास, भारत
NATIONAL BOOK TRUST, INDIA

9 से 12 वर्ष के बच्चों के लिए

राष्ट्रीय पुस्तक न्यास, भारत की स्थापना पुस्तकों के प्रोन्नयन और पठन अभिरुचि के विकास के उद्देश्य से सन् 1957 में भारत सरकार (उच्चतर शिक्षा विभाग, शिक्षा मंत्रालय) द्वारा की गई थी। न्यास द्वारा हिंदी, अंग्रेजी सहित 50 से अधिक भाषाओं व बोलियों में पुस्तकों का प्रकाशन किया जाता है। बच्चों की पुस्तकों का प्रकाशन सदैव से संस्था की प्राथमिकता रही है।

ISBN 978-81-237-9953-7

पहला संस्करण : 2021

चौथी आवृत्ति : 2023 (*शक* 1944)

Aasman Mein Muquadma (*Urdu Original*)

Aak[illegible] Mukadma (*Hindi*)

[illegible]क, राष्ट्रीय पुस्तक न्यास, भारत
नेहरू भवन, 5 इंस्टीट्यूशनल एरिया, फेज़-II
वसंत कुंज, नई दिल्ली-110 070 द्वारा प्रकाशित
www.nbtindia.gov.in

आकाश में मुकदमा

आकाश में मुकदमा चल रहा है। ठंडा चाँद काफी दिनों से शिकायत करता रहा। गरमी अत्यधिक बढ़ने से उसे पीड़ा हो रही है। चिंता है कि फिर ठंडी चाँदनी से किसे आनंद आएगा? परंतु ऊपर गरमी बढ़ती जा रही है। चाँद ने हवा पर मुकदमा कर दिया। पहले तो हवा ने अपने बचाव में कहा, "तुम्हारी धरती पर सूरज की किरणों से गरमी बढ़ गई होगी। उसके लिए मैं जिम्मेदार नहीं।"

आकाश में बहुत दूर चमकते सूरज ने भी हवा की बात सुनी। वह मुस्कराते हुए बोला, "चाँद की जमीन और धरती पर मेरी किरणें हमेशा से पड़ रही हैं। यदि मेरी किरणों से गरमी बढ़ रही होती तो किसी ने पहले शिकायत क्यों नहीं की?"

जज आकाश ने चाँद से पूछा, "क्या सूरज की किरणों से गरमी बढ़ रही है?"

"बिलकुल नहीं", चाँद ने उत्तर देते हुए बताया, "सूरज की किरणें मेरी जमीन से पलटकर धरती पर जाती हैं।"

"तो फिजाँ में गरमी बढ़ते जाने के लिए कौन जिम्मेदार है?" आकाश ने हवा को घूरते हुए पूछा।

बेचारी हवा गरमी से बौखलाई हुई आकाश में भाग रही है। उसने कहा, “मैं स्वयं परेशान हूँ।” फिर हवा ने मान लिया, “मेरी गरमी बढ़ती जा रही है, लेकिन मैं फिजाँ में बढ़ती गरमी का कारण नहीं।”

“यह क्या बात हुई?” चाँद ने हवा का मजाक उड़ाते हुए कहा, “तुम्हारे कारण फिजाँ में गरमी बढ़ती जा रही है, लेकिन तुम जिम्मेदार नहीं हो?”

हवा ने एक बार फिर सफाई देने का प्रयत्न किया, “धरती पर इनसानों की आबादी बढ़ती जा रही है। वे अपनी साँस छोड़ते हैं। वही गरमी बढ़ रही है।”

आकाश ने हवा का तर्क नहीं माना।

“धरती पर इनसानों की साँसों से छोड़ी गंदी हवा ऊपर पहुँचकर गरमी पैदा कर सकती है, किंतु धरती पर पशुओं की संख्या भी निरंतर घटती जा रही है। इसके अलावा वह प्रदूषित हवा जंगलों और समुद्रों में भी काफी खप जाती है।”

सूरज ने भी गवाही दी, “हाँ, प्रदूषित हवा प्राकृतिक तौर पर ठिकाने लगती रहती है। इससे फिजाँ में इतनी गरमी नहीं बढ़ सकती।”

चाँद ने मुकदमा किया है। इसलिए उसने जज बने आकाश से कहा, "यह हवा की जिम्मेदारी है कि वह फिजाँ में बढ़ती गरमी के कारण का पता लगाए। आखिर हवा में गरमी बढ़ रही है।"

आकाश ने हवा को समय देते हुए कहा, "तुम जितनी जल्दी हो सके, फिजाँ में बढ़ती गरमी का पता लगाओ, अन्यथा तुम्हें आकाश में रहने नहीं दिया जाएगा।"

हवा बेचारी परेशान होकर धरती की ओर उड़ी। वह पता लगाने आई है कि धरती पर क्या हो रहा है, जिससे प्रदूषित हवा निकलकर ऊपर आकाश में गरमी बढ़ रही है? धरती के नजदीक पहुँचते ही हवा के मुँह से निकला, "ओह! यहाँ इतनी गाड़ियाँ हैं कि मेरे निकलने का भी रास्ता नहीं।"

हवा जिन-जिन शहरों से गुजरी, वहाँ मोटर, ट्रकों, स्कूटरों और मोटरसाइकिलों की भरमार है। ये सभी गाड़ियाँ धुआं छोड़ रही हैं। थोड़ी देर में ही हवा का दम घुटने लगा। उसकी समझ में आ गया कि ऊपर आकाश में पहुँचकर उसमें सम्मिलित होने वाली प्रदूषित हवा का कारण क्या है। हवा बेचारी घुटन से परेशान होकर खुली जगहों की ओर भागी। उसने होश ठिकाने आने पर देखा, जंगलों

मीठी खुशबू

प्राचीन काल की बात है। यही कोई 1799 की। एक भव्य पार्टी हो रही थी। इस पार्टी में शहर के बड़े लोग आए थे। सभी लोग खाना खाते हुए बातें कर रहे थे। उन्हें वहाँ धीरे-धीरे फैल रही मीठी खुशबू अच्छी लग रही थी। सेठ जाफर ने पूछा, "नदीम, यह खुशबू कहाँ से आ रही है?" नदीम की ओर से ही यह पार्टी दी गई थी। उनकी नई कंपनी खुलने की खुशी थी। "तुम्हें यह खुशबू कैसी लग रही है?" नदीम ने पूछा।

"बहुत अच्छी।" सेठ जाफर ने जवाब दिया। "परंतु यह मीठी खुशबू किस चीज की है?"

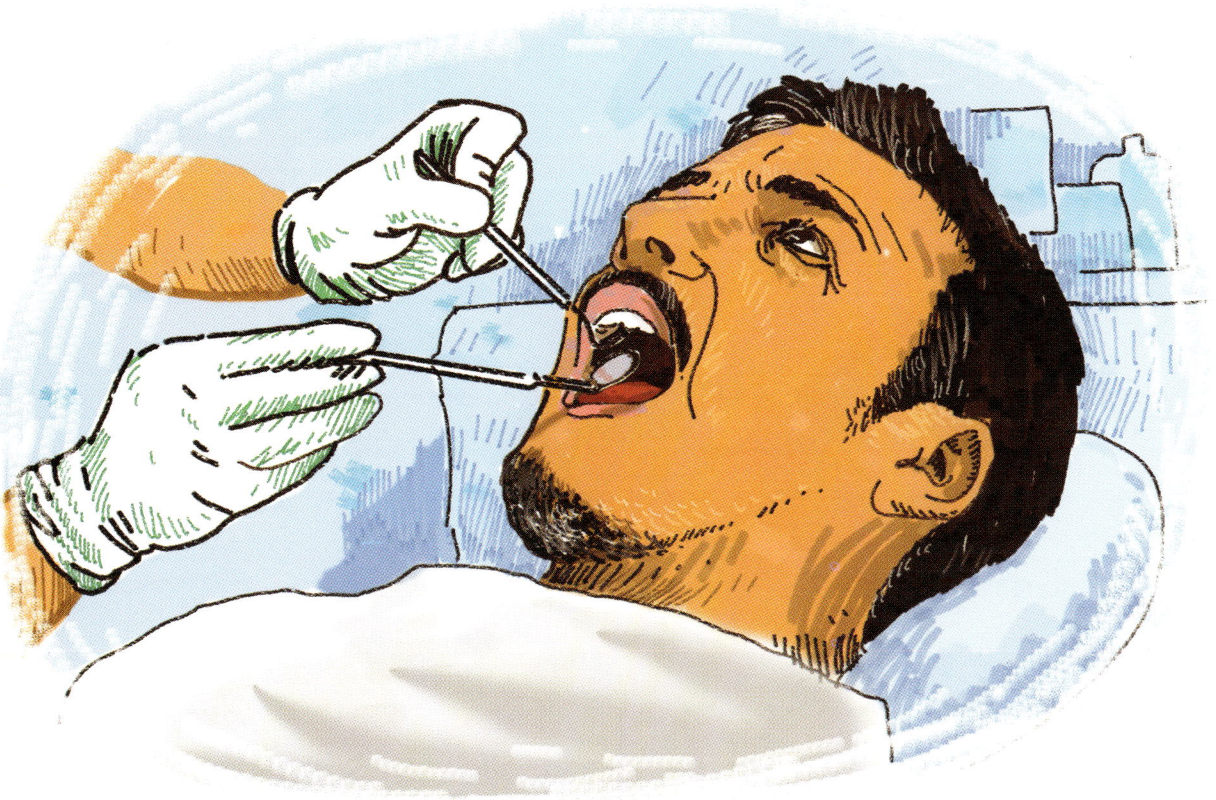

“यह रहस्य की बात है”, नदीम ने कहा। थोड़ी देर में वह खुशबू चारों ओर फैल गई। उसी के साथ सभी लोग हँसने लगे। उन्हें अपनी हँसी रोकना मुश्किल हो रहा था। वे लगातार हँस रहे थे।

“अरे! यह सुगंध तो बिलकुल वैसी ही है, जो दाँतों के डॉक्टर इस्तेमाल करते हैं।” हादी साहब ने अभी अपना एक दाँत उखड़वाया था। डॉक्टर ने उनके मसूढ़े सुन करने के लिए यही गैस इस्तेमाल की थी।

उसने कहा था, “इस गैस से मसूढ़े सुन होने के पश्चात दर्द महसूस नहीं होगा।” हादी साहब को पता ही नहीं लगा कि कब दाँत उखाड़ा गया।

पार्टी में खाद कारखाने के मालिक हाशिम भी उपस्थित थे। वे भी हँसते हुए कहने लगे, “कमाल है! यह सुगंध तो हमारी खाद की फैक्टरी से निकलती है।” फिर उन्होंने जमींदार से कहा, “भाई, तुम्हारे बहुत बड़े खेत हैं। क्या तुम खाद की सुगंध पहचान रहे हो?”

जहाँगीर ने तेज आवाज में हँसते हुए कहा, “क्यों नहीं! जब खेतों में नाइट्रोजन खाद डालते हैं तो इसी प्रकार की खुशबू फैलती है।”

“नदीम” सेठ जाफर ने कहा, “तुम्हारी सुगंध का पता चल गया।”

वे सभी जान गए कि पार्टी में लोगों को खूब हँसाने के लिए नाइट्रोजन गैस फैलाई गई है। कितने ही लोग हँस-हँसकर लोट-पोट हो रहे थे। “नाइट्रोजन गैस की सुगंध से लोगों को अधिक हँसी आती है, परंतु वे यह नहीं जानते हैं कि गैस हवा में सौ साल से भी ज्यादा समय तक बनी रहती है”, जमशेद वैज्ञानिक थे। उनके यह बात बताने पर खाद फैक्टरी के मालिक हाशिम बोले, “तो क्या हुआ, अच्छा है।”

“जी नहीं।” जमशेद ने बताया, “इसके कई नुकसान हैं और यह हँसने वाली बात नहीं। नाइट्रोजन गैस ऊपर आकाश में ओजोन गैस घटा देती है, जो सूरज की हानिकारक किरणों को पृथ्वी पर आने से रोकती है। आजकल आकाश में पाई जाने वाली ओजोन गैस की बहुत चर्चा है। इसलिए सभी जानते हैं कि नाइट्रोजन कितनी हानिकारक है।”

“तब तो पृथ्वी का तापमान बढ़ जाएगा।” सेठ जाफर समझदार आदमी थे। “साँसों से निकली हवा से तीन सौ गुना अधिक यह गैस गरमी बढ़ाती है।” जमशेद ने बताया।

धीरे-धीरे नाइट्रोजन गैस का प्रभाव कम हो रहा था, इसीलिए ये बातें समझ में आने लगी थीं।

"वाहनों के ईंधन, खेतों में खाद और पशुओं के गोबर और बीट से नाइट्रस ऑक्साइड ऊपर हवा में फैलती जा रही है। इससे आकाश में एक चादर-सी तन जाती है।" जमशेद ने अवसर देखकर बताया, ताकि सब सबक लें।

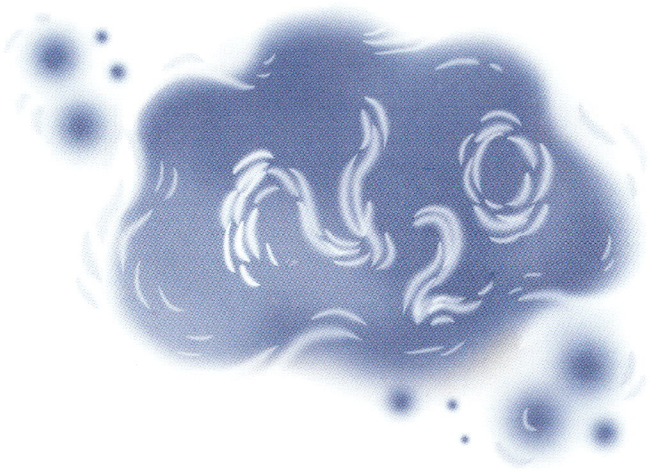

"इससे क्या होता है?" जमींदार साहब ने जानना चाहा, क्योंकि वे भी उपज बढ़ाने के लिए नाइट्रोजन खाद का बहुत इस्तेमाल करते थे।

"इससे पेड़-पौधों को बहुत लाभ होता है।"

"हाँ" जमशेद ने समझाया, "परंतु बहुत अधिक नाइट्रस ऑक्साइड होने पर पृथ्वी से गरमी ऊपर आकाश में नहीं जाती। वह पलटकर फिर धरती पर वापस आती है।"

"जमीन की गरमी बढ़ने से उपज भी कम हो जाएगी।" जहाँगीर समझ गए कि इसका क्या प्रभाव होगा।

"पृथ्वी की गरमी बढ़ने से लोग परेशान हो रहे हैं। हर मौसम में भी तेजी से परिवर्तन हो रहा है।" हाशिम ने परेशानी बताते हुए पूछा, "अब क्या करें?"

"यह समस्या इनसानों ने खड़ी की है। अब वही इसका समाधान करें।"

जमशेद वैज्ञानिक ने उत्तर दिया।

क्या यह उत्तर सही नहीं?

आकाश की छतरी

गरमी का मौसम आते ही लू के झक्कड़ चलने लगे।

"इस बार लू इतनी जल्दी चलने लगी", माँ ने पूछा, "ऐसा क्यों है?"

नासिर के पिता ने पंखा झलते हुए कहा, "पता नहीं", फिर बोले, "हमारे घर भी छोटे हैं। इनमें गरमी ज्यादा लगती है।"

"तुम्हारे पिता को सारी शिकायत बिजली जाने से है।" माँ ने नासिर से कहा, जो उनकी बातें सुन रहा है।

"बाहर लू चल रही है। इससे गरमी तो होगी ही।" नासिर ने अपनी बुद्धि लगाई।

"इतनी तेज गरमी के मारे पेड़-पौधे मुरझाने लगे हैं।" माँ हर दिन सुबह-शाम अपने पौधों को पानी देती हैं, परंतु पौधे दिनभर मुरझाए रहते हैं।

नासिर हाईस्कूल की तैयारी कर रहा है। इसलिए विज्ञान की बातें भी जानता है। उसने कहा, "माँ, इतनी गरमी में पेड़-पौधे अंदर ओजोन गैस भी नहीं लेते हैं।" वे यह जानती हैं कि पौधे दिन में ऑक्सीजन छोड़ते हैं और कार्बन डाइऑक्साइड अंदर खींचते हुए अपना खाना बनाते हैं। उन्होंने नासिर को उत्तर दिया, "यदि पौधे ओजोन नहीं खींच रहे तो क्या फर्क पड़ता है?"

नासिर को अवसर मिल गया। उसने धरती की गरमी बढ़ाने वाली गैसों के बारे में ताजा-ताजा पढ़ा है। वह बताने लगा, "अगर पौधे ओजोन गैस अपने अंदर नहीं लेते तो वह वातावरण में बढ़ जाती है।"

नासिर ने सीधी-सी बात बताई। वह ठीक कह रहा है कि जब पौधे ओजोन नहीं लेंगे तो वह बाहर बढ़ती जाएगी।

"इससे क्या होता है?" माँ के पास भी पूरा समय है, इसलिए नासिर की बातों में दिलचस्पी ले रही हैं।

के लिए ओजोन प्रयोग की जाती है।" आज नासिर अपना पूरा सबक सुनाए दे रहा है।

तभी माँ की नजर शीशे के बॉक्स में नन्ही-नन्ही मछलियों पर पड़ी। उस मछलीघर में हवा जाने से निरंतर बुलबुले दिखाई दे रहे हैं। नासिर ने बताया, "इसमें कीटाणु समाप्त करने के लिए ओजोन गैस घोलते हैं जो मछलियों को बीमार या खत्म नहीं होने देती।" माँ ने उठते हुए कहा, "अब खाना पकाने का समय हो चुका है। इसलिए आज का सबक यहीं पर समाप्त।" यह कहकर माँ लाल-लाल टमाटरों को धोने लगीं।

तभी नासिर कहने लगा, "अगर टमाटरों पर ओजोन प्रयोग करें तो उसमें लाभदायक चीजें बढ़ जाएँगी।"

"वह तो ठीक है", माँ ने हाथ पंखा उठाते हुए कहा, "इसकी सबसे बड़ी खराबी हर बात पर भारी है।"

"वह क्या?" नासिर ने पूछा।

"यही कि ओजोन भी फिजाँ में सूरज की गरमी को वापस जाने से रोक लेती है", फिर बोलीं, "और गरमी बढ़ाती है।"

नासिर क्या उत्तर देता?

यदि तुम्हें मालूम हो तो नासिर को भी बताना।

अजीब बात हुई

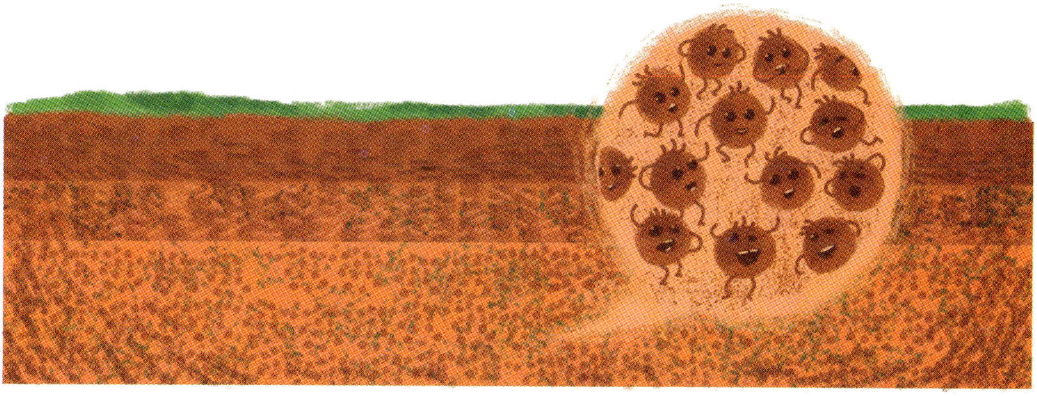

मिट्टी में आँख से दिखाई नहीं देने वाले नन्हे-नन्हे कीड़े अपने काम में लगे हुए हैं। उन्हें मिट्टी में जो कुछ मिलता है, वे उसे बहुत बारीक टुकड़ों में तोड़ते रहते हैं, वही उनका भोजन है।

"लोग समझते हैं कि हमें खाने के अलावा और कोई काम नहीं," एक बहुत ही नन्हे कीड़े ने कहा।

दूसरे ने जवाब दिया, "कोई सोच भी नहीं सकता, मिट्टी में जहाँ साँस लेने के लिए हवा भी नहीं होती, वहाँ कोई होता भी होगा।"

जमीन की मिट्टी में अनगिनत कीड़ों की फौज है। वे सभी लगातार काम करते रहते हैं, मिट्टी में हर चीज को तोड़कर चूरा बनाने का।

"हमारे इस काम से गैस भी पैदा होती है। वह ऊपर आकाश में जाती है।" फिर उनके सरदार ने कहा, "यह कोई छोटा काम नहीं।"

उनकी बात सुनकर मिट्‌टी बोली, "मैं भी गैस बनाती रहती हूँ।"

"अच्छा" नन्हे कीड़े ने पूछा, "कैसे?" मिट्‌टी की जमीन ने कहा, "मेरे अंदर पानी अगर गहराई में होता है तो यह गैस अंदर-ही-अंदर फैलती चली जाती है। वह मिट्‌टी से बाहर नहीं निकलती।"

"लेकिन हम तो गैस हवा में पहुँचाते रहते हैं।" नन्हे कीड़े ने ऐसे कहा, जैसे कि वह जमीन और उसकी मिट्‌टी से बड़ा काम करते हैं।

"मेरी बात सुनो।" जमीन बताने लगी, "मेरे अंदर जहाँ पानी ऊपर होता है तो यह गैस पानी में है। फिर पानी से ही निकलकर ऊपर आकाश में चली जाती है।" जमीन ने जता दिया कि वह दिखाई नहीं देने वाले महीन कीड़ों से कम नहीं।

पानी ने सुना तो कहने लगा, "देखा! मैं इस गैस को ऊपर भेजता हूँ।"

"परंतु तुम में यह गैस नहीं होती।" मिट्‌टी बोली।

"यह तुमसे किसने कहा?" पानी कहने लगा, "समुद्र में यह गैस भरी रहती है।"

वहीं मिट्‌टी में रहने वाली दीमक ने मिट्‌टी और पानी की बातें सुनीं। वह कहनी लगी, "हमारी आँतों में छोटे-छोटे कीड़े रहते हैं। मैं जो कुछ खाती हूँ, वे उसे बारीक टुकड़ों में तोड़ते रहते हैं। इससे भी यह गैस बनती और ऊपर हवा में जाती है।"

लोगों के फेंके हुए कूड़े-करकट और धरती पर सड़-गल रही वस्तुओं ने कहा, “अरे! यह जरा-सी दीमक थोड़ी-सी गैस बनाती है, परंतु बातें बड़ी-बड़ी कर रही है।” यह सुनकर वह हँसते हुए बोली, “मैं काफी गैस बनाकर आकाश में भेजती हूँ।”

अचानक सभी के हँसने की आवाजें बंद हो गईं। धरती की गहराई में कोयले की खान है। उनमें से एक खान में जोरदार विस्फोट हुआ। इतना तेज कि धरती हिलने लगी।

“यह क्या हुआ?” किसी ने पूछा, “हुआ क्या?” जमीन ने अपने अंदर देखकर बताया, “कोयले की खान फटने से गैस निकली है।” थोड़ी देर के बाद विस्फोट की आवाज बंद हो गई, तब जमीन और दूसरों की बातें सुनते हुए पेड़-पौधे कहने लगे, “हम यही गैस हवा में पहुँचाते

रहते हैं। जंगलों में पेड़ बहुत होते हैं, उनसे निकली यह गैस भी बहुत अधिक होती है।”

सारी गैसें ऊपर पहुँचती रहीं। वहाँ गैस की साथी कार्बन डाइऑक्साइड और पानी के अनगिनत कण भी हैं।

“चलो, हम अपना कमाल दिखाएँ।” गैस ने कहा। उसने शैतानी की।

गैस ने धरती से भागकर ऊपर आती गरमी को रोकना शुरू कर दिया।

गैस हँसते हुए बोली, “हा, हा, हा, मैं तुम्हारी गरमी को कैद कर रही हूँ और तुम्हें उसे वापस दे रही हूँ।” यह कहते हुए गैस ने कैद की गई गरमी धरती की ओर पलट दी।

नीचे धरती अंदर से गरम होने लगी, “उफ! मेरे अंदर गरमी बढ़ रही है।” धरती की मिट्टी में नन्हे कीड़े भी परेशान होने लगे, “बहुत गरमी होने लगी है।”

पेड़-पौधे भी धरती की बढ़ती गरमी से हाँफने लगे, “कितनी गरमी हो रही है।”

इनसान सबसे ज्यादा परेशान हो रहे हैं। वे कहने लगे, “अजीब बात हुई, हमारी भेजी गैस हमें ही सताने लगी है।”

मैजिक इंटरनेशनल प्रा. लि., ग्रेटर नोएडा द्वारा मुद्रित